새벽이라는 감정

# 새벽이라는 감정

소년에서 어른으로

맛있는책

## 작가의 말


그렇게 어린아이는
어엿한 소년으로


어엿한 소년은
어른 같은 어른으로

차 례

# ✳ 나팔꽃 ✳

하늘이 격하게 울부짖어
말라버린 나팔꽃

여우비를 계단 삼아
다시 피어오르세.

춤추는 땅이 겸연쩍지 않게
나팔꽃이여 같이 발맞추세.

꽃샘추위와 입맞추고
바람마저 끌어안으세.

나의 사람아
우리 함께 봄의 잔을 들며
사랑의 원천을 건배하세.

하늘이 격하게 미소 지어
피어버린 나팔꽃

# 밤하늘과 별

밤하늘 없이
별은 존재하지 못하는데

소녀와 나는 마치
밤하늘과 별 같네.

불현듯 밤하늘이 없기에
나 자신을 잃어가고 있는데

소녀는 어느새
다른 별을 찾아갔네.

나 홀로 그리움에 젖어
이 별을 말리고 있는데

아직도 이 별은
밤하늘을 사랑하네.

# ✳ 내가 미소 지을 수 있는 이유 ✳

내가 미소 지을 수 있는 이유는


나의 사랑이 그대를 악보 삼아
연주하는 게 아닌가 싶습니다.


검은 방 안에 갇혀 행복 따위를 두드릴 때
공교롭게 내게 찾아온
한줄기의 빛 때문이 아닌가 싶습니다.


고여 버린 눈물 속에 비친
처량한 나의 모습을 말려 버린
찬란한 태양 때문이 아닌가 싶습니다.


내가 미소 지을 수 있는 이유는

# 눈비

찬란하게 빛나는 너의 마음이
나에게 겨울을 가져다주었다.


사랑한다고 하는 내 님
따스한 비바람을 불어주었다.


난연한 그녀의 미소가
나에게 눈비를 선사해주었다.

# 월식

검은 방 안에
갇혀 있는 듯

고개를 숙인 채 밑바닥만 쳐다본다.

달이 월식 하듯이
내 앞의 벽들에 가려진 것 아닐지

혹여나

내가 나를 가둔 것이 아닐지

침울한 안색으로 나를 찾아 묻는다.

# 바람

무엇이랑도 바꿀 수 없는 내 사람아
내 사람아 그대가 나를 사랑하는 바람에
나 그대 바람에 헤어 나오질 못하오.

매서운 바람이 우리를 덮쳐도
걱정하지 말아요 내 사람아
따스한 바람이 우리를 감쌀 테요.

# 이별

그저 추억으로 남기지 않기를
몇 번이나 다짐했건만
결국 황홀했던 순간들은 추억 속으로

부디 다가오지 말아 달라고
끊임없이 애원했건만
나조차도 모르게 먼저 다가가고 있었구나.

당신에게 영원한 사랑을
새끼손가락 걸며 약속했건만
그 약속을 이별에 두고 올 줄 어찌 알았겠습니까.

끝내 우리는 지금 이별 중에 있습니다.

# 꽃 그리고 화분

침울 속에서 혼자
웅크려 있는 꽃

어쩌하면 꽃이
아름답게 웃을 수 있을까.

아아 화분이 되어서
꽃을 사랑해야겠네.

매서운 바람이 불어도
꽃이 쓰러지지 않도록
끌어안아 지켜야겠네.

거친 비가 와도
꽃이 성장할 수 있도록
거리낌없이 받아들여야겠네.

마침내 웃음꽃이
아름답게 활짝 폈네.

꽃은 화분 없이 살아가지 못하고
화분은 꽃 없이 사랑하지 못한다.

# 비

비가 내리네요.
내 눈물을 대신하는 듯

비가 내리네요.
내 우울을 대신하는 듯

비가 내리네요.
내 불행을 대신하는 듯

내 마음을 전부 아는 듯이
비가 내리네요.

비가 내리기에
내 마음이 이런 걸까요.

비 그친 후가 가장 맑다는데
오늘 비는 그칠 생각을 안 하네요.

# 해바라기

해가 졌다고
어떻게 당신에게서 떠나리.


설령 당신이 먹구름 사이에 가려졌다 하여도
당신을 향한 내 마음은 굴뚝같소.


존재 자체만으로도 빛나는 당신
나 거울이 되어서 당신을 바라보겠소.


당신을 사랑하는 나는 해바라기요.

# 이런 이별

이렇게 예고도 없이
찾아오시면 어찌합니까.

나 모르게 이별을
준비한 그대

원망하고 미워해야 하는데
자꾸만 뒷모습이
머릿속에 그려지네요.

매번 그래 왔던 것처럼
어여 나의 귓가에
사랑을 속삭여주세요.

눈물로 채워져 있는 강에
잠겨 버린 나에게
그대 손을 뻗어주세요.

# 액체

액체 같은 너

나는

너를 잡지 못했다.

나는

너의 눈물마저도 잡지 못했다.

잡아보려 해도

흘러내릴 뿐

그저 액체를 바라볼 수밖에 없었다.

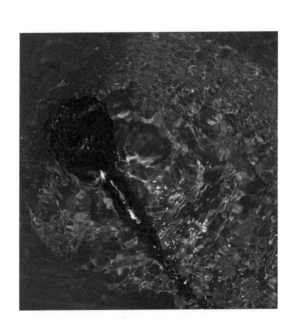

# 이별 길

잿빛 하늘에
장마 비가 오는 날

그대를 향해 죽을 듯이
보고 싶다 외쳤습니다.

결국 나의 외침은
허공에 묻히고 말았고

장마 비와 섞인
내 눈물은 마르지 않았습니다.

이별 길에 홀로 서 있어
신기루를 바라보던 날이었습니다.

눈

눈처럼 순수하고 아름다운 그대
외면은 얼음 같이 차가워 보이지만
내면은 한없이 따뜻한 마음을 품은 그대

그대가 녹지 않도록
하늘에서 비를 막아줄래요.

그대가 녹지 않도록
태양을 전부 가려줄래요.

그대가 녹지 않도록
평생 곁에서 차가운 바람을 불어줄래요.

# 과거형

우리는 사랑을 했다.

우리는 이별을 했다.

우리는 그리워했다.

아, 부질없는 회상
전부 과거형이네.

# 시간

덧없이 흘러가는 시간 속에
오늘이 마지막인 듯
너와의 시간에 들어가겠다.


참 많이도 웃었다.
참 많이도 울었다.


끝내 너는 나를 잊었다.


나를 잊되
나와의 시간은 잊지 않아 달라고


시간에게 작은 소망을
속삭이듯이 노래해본다.


난 너와의 시간들이랑은
이별할 수 없나 보다.

# 시든 장미

시든 장미가 향기로운 이유는

아직 그대를 사랑하기 때문입니다.

# 소음

가을이 시작할 무렵
참새의 명쾌한 울부짖음이
내 귓등을 스쳐 지나갔다.

이 또한 소음의 일종이기에
소리를 닫은 채로
덧없는 세월을 보냈다.

가을이 끝나갈 무렵에
참새의 마지막 울부짖음이
내 귓등을 스쳐 지나갔다.

참새가 잠에 들고 나서야
뒤늦게 알게 되었네.
소음이 나에 대한 애정(愛情)이었음을

# 마녀사냥

"쟤가 그랬대."
"그거 완전 개XX네."

그랬어도 아니고
그랬대라는 참 쉬운 말

그렇게 말하는 사림들이나
그 말을 믿는 사람들이나

그 말이 맞다 하여도
언제부터 우리가
판사가 되었을까.

판사인 당신은
신성한 삶을 살아왔나
되물어보고 싶다.

# 어느 시인의 꽃말

하늘의 눈부신 햇빛이
어여쁜 그대 미소를
더욱더 빛나게 하옵서.

먹구름 따위가 그대를 짓누르던
옥토 같은 내 어깨 기대어
내 사명을 다하게 하옵서.

내 거룩한 사랑은
그대를 에워싸는 별과 함께 빛나니
영롱한 밤하늘 손을 잡아주옵서.

선선하고 향기로운 봄바람을 맞으며
호젓했던 시간들을 뒤로한 채
매 순간 후회 없이 사랑하옵서.

꽃

나

꽃을 피우는 마음으로

그대를 사랑하리.

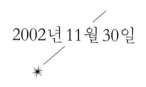

# 2002년 11월 30일

한 아이가 태어남과 동시에
과학자라는 직업을 그만둔 여인이 있었다.


그 여인은 바로 내게 소중한 삶을 선물해주신
무엇보다도 소중한 우리 엄마


스테이크와 랍스터보다
김치와 밥을 더 좋아하신다는
거짓말도 참 못하시는 우리 엄마


과학자의 소중한 실험 자료들을 버리셨을 때
분명히 웃고 계신데 슬픈 표정이던 우리 엄마


평생 엄마가 젊을 줄만 알았던 어리석은 나
왜 자꾸만 엄마 손은 거칠어지고 주름이 늘어날까.
그렇지만 그 손도 아름답고 고귀하신 우리 엄마


상처로 가득한 아들의 손목을 보셨을 때
화를 내시기는커녕 조용히 방에 들어가서
피 같은 눈물을 흘리신 우리 엄마


아직 철이 안 들은 아들이라 미안해요.
그래도 이제 행복만 드리기로 약속하죠 엄마

# ✷ 유성매직 ✷

그대는 정말 유성매직 같네요.
지워지지가 않네요 나의 머릿속에서


손가락으로 아무리 그대를 문지르려고 해도
그대 흔적 같은 자국만 남을 뿐 지워지지가 않네요.


지우개로 아무리 그대를 지우려고 해도
상처 같은 가루만 남을 뿐 지워지지가 않네요.


물티슈로 아무리 그대를 닦아내려 해도
눈물 같은 물기만 남을 뿐 지워지지가 않네요.


그대는 정말 유성매직 같네요.
지워지지가 않네요 나의 머릿속에서

# 오늘따라

오늘따라

바람에 이끌려
날아오는 단풍잎이
왜 이리 처량해 보이는지

나무에 걸터앉아 있는
참새들 울음소리가
왜 이리 듣기 싫은지

시원하고 상쾌한
물을 마셔도
왜 이리 갈증이 나는지

# 그림자

푸른 바다 위에서
아른거리는 그대의 그림자

그림자 형체 따위만 남은
이별과 결별에 경계에서

잡히지도 않는 그대의 그림자를
저도 모르게 붙잡고 있었습니다.

그간 그대를 그리워하던 제 모습을
저 먼 파도 속으로 떠나보내렵니다.

# 사랑이 담겨 있는 시

꽃 피운 장미는
마지못해 시들겠지만

사랑이 담겨 있는
향기는 남아 있겠네.

하늘에 거창하게 뜬 해는
마지못해 지겠지만

사랑빛이 섞인 별과 함께
너의 밤이 오겠네.

# 라디오

감성이라는 감정이
나를 붙잡는 밤에


그대 목소리가 담긴
라디오를 켰습니다.


모든 채널에
그대 목소리가 담긴 라디오


나는 라디오를 켜 놓은 채로
꿈나라로 떠날렵니다.


꿈나라에서도
그대의 아름다운 목소리를 듣고 싶습니다.

# 보잘것없는 시

우러러보는 하늘에서

고난과 역경들을 뒤로한 채

흘리는 눈물들을 기억한 채

행복했던 순간들만 떠올린 채

수많은 별들 중 하나가 되어

마음 편히 쉬소서.

보잘것없는 시가 그대에게 닿기를

# 짝사랑

나 너를 사랑해도 되는 걸까
별에게 소원 빌듯이 여쭤본다.

나 홀로 이 별에 있는데
너는 저 은하수로 떠났구나.

아픔을 나에게 남겨두고
홀로 참 멀리도 갔구나.

너를 처음 만났던 때로
되돌아가고 싶다.

다시 한 번 너와
아름다운 별을 만들고 싶다.

# 그대는 감독, 나는 배우

일부러 그대 앞에서
절뚝절뚝 걸어가는 모습이
아련했을까요.

여전히 그대를 사랑하는데
애써 증오하는 내 연기가
우스웠을까요.

침울한 모습을 숨기려
행복한 척 연기하는 배우가
꼴사나웠을까요.

이렇게 내가
만들어가는 영화는
결국 행복 결말일까요.

# 반성, 과거 현재 그리고 미래의 나에게

거울 속 어렸던 아이를
감히 끌어안으려 한다.


과거에게 용서를 구하는 것이
쓰라린 상처를 돋는 행동이 아니었으면


시간이 지나 닫혀 버린 문
바람을 통해 자연스레 열렸으면


아이가 어른이 된 후에도
어렸던 흔적들이 지워지지 않았으면


거울 속 어렸던 아이를
감히 끌어안으려 한다.

# 악몽

꿈에서라도 행복을
찾고 싶어 잠을 청해봅니다.


나는 행복을 찾고 싶은 것일까
또는 현실을 회피하고 싶은 것일까
꿈속에서 질문을 던져봅니다.


무엇이 그렇게 불안했던 것일까
난 다시 악몽을 만났습니다.


악몽은 나에게
원하지 않던 장면을 보여줬고


나는 불행의 나락으로
떨어져 버렸습니다.


눈물 젖은 베개를
끌어안으며 아침을 맞이합니다.

# 가을하늘

담대한 가을하늘아
나를 받들어주소.

저만치 멀어져버린
어렸던 과거를

눈시울이 붉어지도록
서슴없이 바라보겠소.

그리고는 노을을 마주하며

가을하늘의 영혼을
황혼까지 깃들겠소.

# 반복

안녕하세요 고객님, 무엇을 주문하시겠습니까.

저는 행복이요.

죄송합니다 현재 '행복'은 품절입니다.

아 이번에도 역시, 다음에 와야겠네요.

# ✦ 사진 속에 ✦

시간조차 끝맺을 수 없는
당신과 나의 사진은
결코 찢어지지 않는다.


사진 속에,
소년을 바라보는
은하수 같이 맑은 눈동자가
내게 우주를 가져다주네.


사진 속에,
달빛을 띄는 소녀
입가의 미소가
내게 따스함을 안겨다주네.


사진 속에,
흘러가는 별의 여울을 바라보는
소녀와 소년의 형상이
내게 여운을 새겨다주네.


시간조차 끝맺을 수 없는
당신과 나의 사진은
결코 찢어지지 않는다.

# 호수

깊숙한 호수에 빠진
그대를 사랑하는 나 자신을 원망해봅니다.


시간이 흘러도 나를 봐주지 않을 걸 알면서도
호수 밖에서 미련하게 기다리는


미련하다는 말이 나를 초라하게 만들어도
꿋꿋이 허망하게 기다리는 바보 같은


호수 위에 비친 내 얼굴을
하염없이 바라만 보는


깊숙한 호수에 빠진
그대를 사랑하는 나 자신을 원망해봅니다.

# 떠나자

우리 멀리 떠나자.

아무도 우리를 찾을 수 없는 곳으로

겨울이어도 벚꽃이 피는
여름이어도 눈이 내리는
아침에도 별이 보이는
밤에 태양과 달이 동시에 공존하는

시간마저도 우리를 찾을 수 없는 곳으로

우리 멀리 떠나자.

# 오늘 날씨

오늘 짙푸르게
함박비가 내리네.

그때 우리가
이별했던 날처럼

도화지에 색칠했던 사랑이
빗속에 지워지는 것이

그리 슬펐던
그때 그 시절처럼

# 꿈

소녀, 꿈에서 만나기로 합시다.

자그마한 손을 잡고
경이로운 밤하늘을 걸으면서

배에서 소리가 날 때는
아름다운 별 하나 따먹으면서

어둡고 잔잔한 구름 위에서
깃털 같은 휴식을 가지면서

웅장하고 찬란한 해를 품은
고요한 달을 감상하면서

소녀, 꿈에서 만나기로 합시다.

# 내가 가는 길

언제부터 시를 적는 것이
무거운 짐이 되었는지

분명 재밌어서 시작한 일인데
왜 스스로 높은 산을 바라보는지

사람들에게 위로가 되는 시를 쓰고 싶었는데
어쩌다 XX들의 비웃음거리가 되었는지

글을 사랑해서 시인이 되었는데
이제 내 시가 형편없다는 것을 시인하는지

나는 내가 걸어온 길들을
도리어 돌아가는지

# 문제집

인생이라는
문제집을 풀어나가는데

왜 이리 오답이 많습니까.

아직 많은 페이지가 남았는데
왜 책 표지만 다시 펼쳐보는 겁니까.

그럴 때는

오답노트 하면 됩니다.
그리고는 또 다시 풀어보는 겁니다.

오답이 없을 때까지
끊임없이 풀어보는 겁니다.

# 고백

소녀를 향한 제 마음이
꺼지지 않는 촛불 같아서요.

수백 번 생각을 해봐도
꽃은 소녀의 초상화 같아서요.

아름다운 바다는
소녀와 나를 위한 장소 같아서요.

완벽한 아름다운 바다에서

완벽한 소녀를 빼닮은 꽃을 들고서는

완벽하게 당신에게 고백하겠습니다.

# 시

오늘도 나는 소녀의 마음을 헤아려
한 마디 두 마디 시를 적어 내려간다.

소녀가 나에게 사랑한다 하믄
내 시의 주제는 '행복'이다.

소녀가 눈물을 흘렸다 하믄
내 시의 주제는 '비'이다.

소녀가 내게 어여쁜 미소를 지었다 하믄
내 시의 주제는 '꽃'이다.

오늘도 나는 소녀의 마음을 헤아려
한 마디 두 마디 시를 적어 내려간다.

# 새싹부터 꽃

진실된 사랑이라 함은
꽃의 향기이다.


우리의 사랑은
새싹부터 시작해서
꽃으로 자라왔다.


꽃이 시들기를 두려워하지 말길


우리의 사랑이 진실됐다면
꽃의 향기가 남아 있을 터이니


그저 사랑에 의지한 채
어여쁜 꽃을 피우자.


진실된 사랑이라 함은
꽃의 향기이다.

# 꽃샘추위

사계절은 빠르게 스쳐지나가고
벚꽃이 피는 계절이 돌아왔습니다.

꽃샘추위가 나무에게 다가와
유유히 외로움을 안겨주고 떠났습니다.

나무는 무뎌지는 가슴속
홀로 아파하고 있었고

그렇게 외로운 나무는
점차 시들고 말았습니다.

# 하늘 그리고 평화

우러러보는 하늘이 서글퍼 보이네.
저 구름마저도 발길 돌릴까.
따스한 햇빛은 어디에


하늘이 매번 맑을 수 없다는 것을
알고서도 햇빛을 바라는 걸까.
하늘의 순수함은 어디에


각박한 세상에서 평화를 바라는 시인
하늘에 닿을 수나 있을까.
만물의 평화는 어디에

# 장마

생각이 많아지는 홀로 서는 날에
언제 멈출지 모르는 눈물이 흐른다.


우울의 수도꼭지를 안 잠갔나
혹은 수도꼭지가 망가진 건가


아아 장마가 진행 중인가 보다.


지속되는 눈물에 젖어버린 내 마음
누가 내 우산이 되어주리.

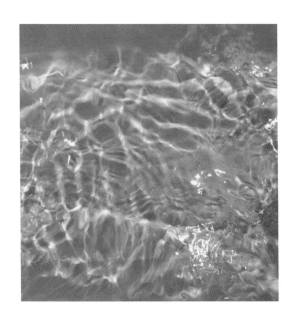

# 달은 떠오른다, 소녀가 떠오르듯이

어여쁜 소녀는 꼭
영롱한 달을 연상케 합니다.
밤마다 떠오르니까

오지 않는 잠을 청하는 밤에
유난히 밝은 달을 바라봅니다.
소녀를 밝게 비춰주니까

달이 떠오르는 이유는
터무니없이 간단합니다.
어여쁜 소녀를 사랑하니까

# 유일무이, 사랑

홀로 밤하늘을 끌어안아서
소녀에게 햇빛을 안겨주겠다.


소녀의 눈물을 집어삼켜
보석 바다를 만들어주겠다.


악몽을 두려워하지 않도록
꿈속에서 주인공으로 나타나주겠다.


유일무이하게 소녀를
아름답게 사랑하겠다.

# 상처

울적한 모습의
소녀를 보아하니

마음속 깊은 곳에
치유 못할 아픔이 있구나.

"힘내."

"괜찮아."

"잘 될 거야."

그렇지만

소녀에게 어떠한 위로도
와 닿지 않는 걸 보아하니

아픔을 기댈 수 있게
따뜻하게 안아주길 원했구나.

# 김현서

철없던 어린아이가
어엿한 소년이 되어서 왔네.


어찌 그리 성장한 건가 물었더니
소년은 입꼬리를 올린 채 이리 답하네.


멍하니 하늘을 바라보며
마음속 우러러 나오는 감정들이
시를 노래하게 했을 뿐입니다.


그렇게 어린아이는
어엿한 소년으로


어엿한 소년은
어른 같은 어른으로

# 이별 사랑

이별 없는 사랑이
하고 싶었을 뿐인데

사랑 없는 이별이
되어버렸다.

# 피어오르는 꽃

눈보라 흩날리는 겨울에
피어오른 장미꽃 두 송이

끝없는 겨울에
추위에 떨며 살아가던 때

어미 꽃의 기도가
봄을 불러올 줄이야

어린 꽃의 기도가
향기를 불러올 줄이야

화창한 봄에
서로의 향기에 의지하는
아름다운 장미꽃 두 송이

# 공허한 새벽

흐릿해지는 기억 속
의미 없는 감정이

짧은 새벽을
더욱이 공허하게

기억이 나를
찾을 때는

나는 너를
뒤돌아볼게

짧은 새벽을
더욱이 공허하게

# 봄날

어느 봄날

소녀에게
꽃 한 송이를 건넸습니다.

온기 한가득
담겨 있는 꽃 한 송이가

소녀에게
사랑 향기를
안겨다 주었습니다.

꽃이 살랑살랑 피어오르는
아름다운 봄날

소녀에게
꽃 한 송이를 건넸습니다.

# 새벽이라는 감정

자칫하면
허망한 밤을 보낼까

새벽에게 눈치를 보며
감정을 추스릅니다.

# 격려의 글

사랑하는 아들, 현서에게

멋진 시집 발간을 진심으로 축하한다.
현서가 세상에 뽀오얀 얼굴로 김이 모락모락 나듯 태어난 지 벌
써 18년이라는 시간이 흘렀구나.

아빠는 시간이 이렇게 흐른 사실조차도 너의 시를 한 편 한 편
읽어보며 알았고, 더더욱 여기까지 자라온 동안 아빠의 무관심
속에서 얼마나 많은 고민과 방황을 하며 자아와 사회에 대한 의
문들에 스스로 답하려고 노력했는지 생각해 보니, 아들에게 많
이 미안하고 한편으로 대견스럽다.

'우리들의 사랑이 진실되었다면 꽃의 향기가 남아 있을 터이니...' 라는 시의 한 구절처럼 아빠도 화려한 꽃은 아닐지언정 아들에 대한 인간의 향기는 남을 수 있도록 노력할게. 아들도 본인의 사랑이 아름답고 소중하듯이 다른 사람의 사랑도 존중할 줄 아는 배려를 잊지 말고 살아가기 바란다.

봄, 여름, 가을 그리고 겨울...
앞으로 매년 찾아오는 사계절이 언제나 너에게 건강과 행운을 듬뿍 선물해 주었으면 좋겠다.

현서야, 많이 축하하고 사랑한다.

아빠가

# 새벽이라는 감정

초판 1쇄 | 2019년 11월 29일

지은이 | 김현서
펴낸이 | 설응도
펴낸곳 | 맛있는책

출판등록 | 2006년 10월 9일(제2016-000079호)
주소 | 서울시 강남구 테헤란로78길 14-12(대치동) 동영빌딩 4층
전화 | 02-466-1283        팩스 | 02-466-1301

ISBN 978-89-93174-53-3  03810